문학과지성 시인선 523

# 누가 입을
# 데리고 갔다

박미란 시집

문학과지성사

문학과지성 시인선 523
누가 입을 데리고 갔다

초판 1쇄 발행 2019년 2월 8일
초판 3쇄 발행 2023년 2월 14일

지 은 이  박미란
펴 낸 이  이광호
주     간  이근혜
편     집  조은혜 이민희 박선우 김필균
펴 낸 곳  ㈜문학과지성사
등록번호  제1993-000098호
주     소  04034 서울 마포구 잔다리로7길 18(서교동 377-20)
전     화  02)338-7224
팩     스  02)323-4180(편집)  02)338-7221(영업)
전자우편  moonji@moonji.com
홈페이지  www.moonji.com

ⓒ 박미란, 2019. Printed in Seoul, Korea

ISBN 978-89-320-3516-1 03810

이 도서의 국립중앙도서관 출판예정도서목록(CIP)은 서지정보유통지원시스템 홈페이지
(http://seoji.nl.go.kr)와 국가자료공동목록시스템(http://www.nl.go.kr/kolisnet)에서
이용하실 수 있습니다. (CIP제어번호: CIP2019002626)

문학과지성 시인선 523

# 누가 입을 데리고 갔다

박미란

**시인의 말**

얼마 지나지 않아서

한 줄기 빛이 마음에서 입술로
건너가고 있다는 걸 알게 되었다.

뒤를 돌아보면
너는 보일 듯 보이지 않고

참, 시시하기도 하지
이 모든 뒤척임.

2019년 2월
박미란

# 누가 입을 데리고 갔다

차례

**시인의 말**

**해설**

# 1부
## 어떤 말은 그대로 몸속에 머물렀다

# 목덜미

그 사람을 버리고 그 사람에게 가는 동안
창문으로 비둘기가 날아왔다

찬란하다 날짐승이여
흔들리는 새벽의 음악이여

모든 색이 저 목덜미에서 나왔을까

파랑인가 하면 피투성이 붉음,
붉음인가 하면 비명을 삼킨 검정의 기미
죽어서까지 기막히게 달라붙던 날짐승을 숨죽이며 바
라보았다

목덜미가 움직일 때마다 색은 바뀌었고 잔디밭에 뿌려
져 초록을 얻었지만

그 사람은 오지 않았다

## 강둑에서


부추꽃 자잘한 그곳에 앉아
우리는 부추꽃도 강물도 얘기하지 않았다
할 말이 없기에 뭔가를 간직하고 싶어졌다


물살을 거스르던 청년들이 강의 이쪽과 저쪽을 건너는
사이
우리는 허물어지는 것들에 대해서도 입을 열지 못했다


아무렇지 않은 듯
저쪽 너머를 바라보았지만
어떤 말은 그대로 몸속에 머물렀다


우리는 다시 흔들렸다 물어도 답할 수 없는 풍경에 가
만히 숨을 내쉬며


누구나 한 번쯤 놓쳐본 적 있는


늦었다는 말은
얼마나 오래되었던지

강둑으로 불어오던 바람이 서로를 보지 못하게 머리카
락을 허공으로 흩뜨려버렸다

# 아침이 오면 그곳으로 갈 수 있을까

아무래도 손은
가슴에 붙은 느낌이 들어요

당신의 손짓,
어디 같이 가자고 한 것도 아닌데

가슴이 떨리고 있잖아요

창문에 나부끼는 앞날을
바람이 데려갔으면 좋겠어요

머리부터 발끝까지
누군가를 대신해 오래 살았고

아침이 오면 그곳으로 갈 수 있을까

당신은 마음을
멀리 던져놓으라 했지만
그 말이 어려워 종일 흔들리고 있어요

말라가는 공기와
떠다니는 낙엽들 사이로

손은 가슴을 쓸어내리려 그곳에 얹어져요

## 아름다움에 대하여

차라리 말하지 그랬어
바짓가랑이라도 붙들고 늘어서시 그랬어

추위가 가고 있다 대책 없이 가고 있다

허공을 찌를 듯 서 있는 나무 밑에
흰 뼈를 묻으며 너는 중얼거렸다

함께 묻히고 싶다고
가까스로 살아남은 날을 경멸한다고

네 입에서 흘러나오는 말들이 지독하고 지독해
파란 새, 파란 새 날아가고 있다

너와 헤어진 후
그 말은 바스러지며 떨어져 나갔다 내 것이 아니었다

투명하게 고드름이 달리고
너는 매일매일 그 속으로 자신을 밀어 넣는다

혓바닥이 쩍쩍 갈라진다

우리가 간신히 견디어낸 무서움의 시작이 아름다움이
아니라면*

한결 가벼워진 날씨는

녹아내리며 누군가의 고통으로 빛났지만 도무지 끝나
지 않는 겨울이 있었다


* 릴케의 시 「두이노의 비가」에서 빌려옴.

# 밤마다 나는

위태롭지 않은 천변이나
흘러내리는 돌계단을 오르내릴 땐

꼭 뒤를 돌아보았다

어떻게 하면
어둠과 어울릴 수 있을까

밤마다 송충이들이 짓무른 몸으로 기어가는 것을 보
았다
밤마다 임신한 고양이가 몰래 집 나가는 것을 보았다
밤마다 산당화가 꽃잎 붉게 하려고 손가락 넣어 토하
는 것을 보았다

때때로
안간힘 쓰며

제 몸 지키는 일에

깃털 하나 날아가지 않았고

밤마다 나는
보이지 않거나
여기 없는 것들을 그리워하며

오랫동안 돌아오지 못했다
처음부터 집이 없었다

# 그런 날이 계속되었다

지난밤,
강은 하구까지 내려왔다
아무리 해도 돌아갈 수 없다고, 돌아가지 않겠다고

말을 듣지 않았다

밤새 강은 잠들지 못하고 뒤척이다가 물결을 완성했다
그것이 자신의 전부가 될 줄 몰랐다

# 동백

동백은 집중하며 떨어진다
무엇이든 내리막이 중요하니까

물의 온도, 바람의 온도, 저 달의 온도

언젠가 두고 갈 것들이다

꽃보다 내가 먼저 시들 테지
뿌리가 얼기 전에, 하루가 절박하기 전에 숨을 불어
넣자

어디로 가고 있나
한 쌍의 남녀가 긴 망설임 끝에 헤어졌다

피부색은 각자 다른데 이별하는 방식은 모두 같아

온도를 재는 일과 그것을 지키는 일이 부디 꽃 밖에서
도 이루어졌으면

# 어느 날 저녁

벌건 짬뽕은 문 앞에 버려졌다

비닐 랩이 찢긴 채,

그렇게

시시한 날이 많았다

엎어버리거나 되돌릴 수 없었다

식은 국물과 면발의 속수무책처럼

그 자리에 있으면 안 되겠니

한때 전부였지만

언제부턴가 아무것도 아니었던

저녁은

참 이상한 애인이었다

늘 비틀거리며 취한 몸으로 찾아와

퉁퉁 불은 후에야 쳐다보게 되는

# 여수 여관

밥알로 풀죽을 쑤면서 지저귀는 새들아
소리를 죽이며

가만히 물속에 물을 풀어놓아라

　지금은 매화 피고 핏줄 속에 피가 피고, 한때 폈던 것
들이 피고 오직 그것만이 피고

　뱃사공 몰래 노를 저어 며칠 쉬면서 쉬어보면서 지나
리라
　지나서 말하리라

　바람 불지 않는 날은
안 되는 일 없다

　몸살이 나도록
　여기가, 여기가 어디인가 여수 근교의 여관인가 영산
강인가
　그토록 벼랑 끝인가

묵을 데 없어 아득하려나 그렇지도 않으려나

찢어지는 빛의 고요함으로
집들이 스러지고
몸속에 물이 차오르는데

지금은 매화 죽고 오직 죽는 것만 죽고, 피가 마르고
기다리는 것들 돌아오지 않아도

우리는 쉼 없이 피었다가 졌다

# 우리들의 올드를 위하여

스미는 것과 스치는 것의 차이가
뭐라고 생각해

맘속엔 수많은 총알의 흔적
그 빛을 꺼내놓고 싶지 않아

그래 우리는 올드 하지
왠지 그 말이 좋아, 크크
낡았다는 말 대신
올드를 가지고 놀면 크크, 정말 그런 것 같아

어쩌면 그냥 빠져들지 몰라
왔던 방향 거슬러 당신을 따라갈지 몰라

미꾸라지에게도 오늘이 있다면
앞으로 넣으면 뒤로 새는 통장처럼 털려버린 우리는
언제나 영원이야, 크크

왜 우린 서로 다른 이름으로 살아야 하는가

잡을수록 달아나는 허공과
달의 운석에서 떨어진 당신은 얼마나 멀고 차가운가

당신이라는 말은 아무리 불러도 왜 올드 하지 않은가
철없이 좋아
지겹지 않은 얘기인가 큭큭,

식으면서 뜨거워지는 모래사막 속으로 우리는 나란히

# 문

오래된 집 앞에서 서성거렸다 붉은빛이 다른 빛을 잡
아먹고 아름드리 꽃나무가 우거진,

비스듬히 안이 보였지만 선뜻 들어갈 수 없었다 한 발
들여놓으면 귀밑머리 희끗하게 살아야 할 것 같았다

언젠가 푸르스름한 칠이 벗겨진 대문을 열고 이끌리듯
마당에 들어갔던 적 있었다

그러나 어디까지였을까

그 어떤 일에도 넘어서기 힘든 당신이 버티고 있었다

## 사이

주인이 죽으면
따라 죽는 나무가 있다

밤낮으로 찬란한 잎사귀와 꽃잎
오로지 주인의 방 쪽으로 피우던 석류나무

등을 토닥이며, 주름투성이 얼굴 쓸어내리며, 오래 품
은 마음을 큼직한 열매로 떨어뜨리며,

그이가 죽은 후 시름시름 앓다가 그해를 못 넘기고 떠
났다

한사코 같은 자리에 머무는 그늘,
때론 나무와 사람 사이에도 다가갈 수 없는 관계가
있어

그늘은 그늘로 살아가는 걸까

석류나무 사라진 뒤뜰은 어떤 나무도 들이지 않았다

# 강

아직은 낮이 길어요
언젠가 밤이,
한쪽 다리가 긴 밤이 오겠죠

느닷없이 과일이 익고
간신히 맺힌 물방울 떨어지고
정오가 백일홍에 앉아 견디고 있네요

한 사람을 업고 강을 건너는 일

보일 듯 보이지 않는 저편은 멀기만 한데
물살은 빠르고 물은 차갑고

무거워지는 한 사람을
강물의 소용돌이에 쓸려 보내지 않으려
마른 것이 젖고
젖은 것은 더 젖어도

등이 휘어지도록

느린 걸음으로 물속을 걷고 또 걸어요

다 건넌 후에야 알았어요

한 사람이 건널 수 없는 강이었다는 것을

# 겨울

뭐 그리 시시한 일이 있을까요

추운 날이 다시 와도
지금은 힘들지 않아요

베어 문 케이크 조각이 떨어지자 당신은
그걸 밟고 갔죠

말도 안 돼
발밑에 바스러지며 으깨지는 그림자,
우리에게 남은 영혼이 조금밖에 없어요
애써 달아나지 마세요

피처럼 뜨겁던 태양이 얼음 쟁반으로 돌아올 때
사랑을 잃어버린 듯 울부짖곤 했지만
그런 힘마저 사라졌어요

뭐 그리 시시한 일이 또 있을까요

종일 서성거리며

초조해하지 않으려 해도

입속에서 나간 것들은 비명이 되었고


이제 남은 기운을 마저 꺼내 쓰려고 해요


끝까지 버티었으니 바싹 타들어갈까 해요

## 숟가락질하다


이런 날 있잖아

당신은 바람에 업혀 갈 때처럼 얇아져도
보내는 쪽이 아프다며
눈빛 한 번 맞추지 않았어

어쩌면 출발하기 전에 주저앉았을지 몰라

빈 들판의 연기 그리고 작년에 잃은 눈동자

왜 이런 날 있잖아

제 속을 훤히 드러내는 세월이 가엾어
능청스럽게 살아가려 했지만
서투른 몸짓은 매번 들키고 말잖아

당신을 돌려세웠는데
왜 불렀는지 생각이 나지 않아

지금 여긴

깜빡 놓치고 지나온 휴게소 같은,

그런 기분이 들기도 해


그러니까 무사해야 해


허공에 숟가락질하듯 아무렇지 않게

# 모자

마거릿 희디흰 얼굴이
축축한 돌담을 따라가면

저 언덕 너머
어깨를 붙잡고
흔들렸던 이유가 바람 탓은 아니라는 것

이쪽에선 보이지 않는데
왜 목을 빼어 내다보았을까

그때보다 캄캄해도 지금이 잘 보였다

네가 다녀가지 않았다는 걸 알고
문을 열어
너를 불러내는 일에 열심이겠지만

여기 함께 살면서
서로 몰라보는 꽃잎들이
우리가 손짓했던 이웃이라고 말하지 마

너무 애태우지 말고
그렇다고 잊어버리지도 마

아무렴 어때?
이젠 가릴 필요가 없다고

뜨거웠던 순간에 깊숙이 눌러썼던 그때로 돌아가고 싶
지는 않아

# 저녁에서 밤으로 흘러들었다


1

저녁의 물고기는 슬퍼요 힘을 잃은 지느러미와 윤기 없는 비늘이 슬픔을 말해요 어둡다는 걸 죽어서도 아는 걸까요 물 한 모금 먹지 않고 돌아갈 날 기다리던 할머니처럼 몸도 저녁도 언젠가는 내려놓아야 하니까 물기를 거두어볼래요 다른 생각은 하지 않을래요 저녁의 물고기가 흐려요 앞을 볼 수 없네요 오늘은 흐린 눈동자 속에 들어가 가슴을 감싸고 누울래요 웅크리는 일은 몸을 위로하는 방식이니까요 곧 밤이 올 거예요 보내지 못한 깊은 밤이 오면 물고기도 흔들리던 당신도 보이지 않겠죠


2

물컹한 고깃덩어리를 도마에 올리고 칼질을 하다가 갑자기 무서워졌어요 이러고 있는 나를 상상이나 했겠어요 아무리 헹구어도 핏기를 버리지 못하는 그것을 당연한 듯 다루어도 되나요 한때 제일 크고 맑은 눈이었던 주

인을 함부로 대해도 되나요 칼질을 멈추고 고깃덩어리를
냉장고에 다시 넣어요 차가움은 제 안의 것을 다치지 않
게 하려고 밤낮없이 돌아가고 있어요


3


　당신을 만나지 않는 게 좋겠어요 이렇게 말하고 후회
한다는 걸 알아요 어떤 말은 비참해서 입술에서 나가는
순간 얼음이 되어요 어느 때부턴가 차가움을 사랑하게
되었어요 소음이 심한 냉장고의 커다란 얼음덩어리에 힘
들었던 적 있어요 어떻게 그걸 안고 살아왔는지 몸속의
종양 덩어리를 뱉어놓은 듯 냉장고는 멈추었어요 이제
당신을 만나지 않는 게 좋겠어요 차가운 당신, 당신이라
는 환상을, 견디기 싫어졌어요 마음의 얼음덩어리를 들
어내면 또 후회하겠지만 녹는 순간을 지켜보던 마지막
천사처럼 우리의 느닷없는 밤도 흘러갔어요

# 수목원

아침과 저녁이 만나지 못했다

태어나자마자 싸늘히 식어가던 온기를 꺼내어 서로의
가슴에 달아주었다 마지막 소원은 남기고 싶었지만

나무는 희고
우리의 머리도
검지 않다

누가 우릴 이곳에 데려왔는가

한 발짝 다가설 수 없어
손과 손을 마주 잡지 못하고 아직 남은 폐허를 건네주
지 못하고

눈빛이 흘러갔다 보이지 않는 강물에게 자작나무 흰
몸에게 그리고 더 이상 잃을 게 없는 우리에게

**2부**
정작 너무 흰 것은 마르지 않는다

# 죽은 별에게

그는 오랜 투병 끝에 가죽만 남긴 채 고요히 눈을 감
았다
먼 곳에서 별들이 모여 앉아 숟가락 돌려가며 달을 흰
죽처럼 퍼먹고 있었다

내 손바닥의 아득한 몸짓,

# 외삼촌


그는 소경이었다


외숙모 보낸 후
혼자 닭 키우고 알 거두며


눈 어두운 와중에도 사람들의 아픈 곳을 만져주었다


그가 문고리 잡고 나와
처음 내 손을 잡았던 날의 기억이 있다


너는 단단하면서 여리구나
조급해하지 말고 쉽게 마음을 맺지 말고 치우치지 말
고 살아라
그는 눈 감고 볼 수 있었다


내가 알지 못한
불안하고 두려운 앞날까지도


그 걸음걸이가 하도 밝아 잠시 눈을 의심하며

닭들이 홰치는 소리를 따라

지팡이 짚고 닭 모이 주러 가는 그의 뒷모습을 한참 동안 바라보았다

# 흰 벽

그를 밀어붙였다

그래도 되는 걸까
처음부터 흰 바람벽에 기대는 게
그녀가 할 수 있는 전부였을까

꽃이 피고
꽃이 지고
서로 다른 방향에서
점점 가까워지고 있는데

정작 너무 흰 것은 마르지 않는 그늘

누군가를 버리고
다시 버림을 받으며

밝았던 곳으로
제각각 흩어져 어두워졌다

찬란했던 마음에 마음 스밀 때까지
돌아서면 돌려놓지 못하고

그를 끝까지 밀어붙였다

더 나아갈 데가 없어
곁에서 숨죽이던 그녀도 흰 벽이 되고 있었다

## 안녕

빨간 바께쓰를 들고 나온 총각과 멋쩍게 헤어졌다
안녕, 너의 모든 것이 궁금해

한때 잘 자라던 양지 식물이
말라비틀어지며
무거운 정오를 제 몸속에 구겨 넣었다

모든 걸 잴 수는 없다
목구멍에서 위장까지, 안방에서 거실까지의 길이를 지
우려면

걷지 않으면 된다
인사하지 않으면 된다

할 말이 빤해
마주치기 싫지만 그때마다 마주치는 사람은
같은 방향에서 다른 바람을 기다리는 목이 긴 꽃과 닮
았다

알 수 없는 그곳에 닿으려면
눈을 감고
왜 빨간 바께쓰인가를 물어야 하는가

안녕,
왼발의 수고를 덜고 싶었으나 오른발을 삐었어
맘대로 안 되니까 살아가는 거야

다시 인사할 수 있는 그날을 위하여

안녕, 이제 정말 안녕

# 푸른 집, 그 바람

1

엄마, 나는 그곳에 가지 않을래요 애써 태연할 자신이
없거든요

바람도 꽃도 한철이다 한번 다녀가라 누차 말씀하시
지만

돌담 사이 덜컹이는 근심은 왜 우리 있는 곳으로 몰려
다니는지 모르겠어요

2

꽃들이 제 속을 걸어 나온 듯 환한데 어둠을 틀어쥔 엄
마를 나무라진 못해요

멀리 있어도 어쩔 수 없으니
차라리 그 바람을 잠재우세요

우리 함께 살아야 한다면 그땐 서로 모르고 지내요
피가 돌지 않고 정이 흐르지 않아
끝내 지나치는 사이가 되도록 해요

그래도 손등으로 파랗게 도드라지는 핏줄은 왜 그리
아름다운지요


3

먼 곳의 푸른 기운과 사진 속의 집은 바랠수록 첫 빛깔
에 가까워지네요

이곳은 여느 날과 같이
겹겹이 싸인 추위가 만만치 않아
그 바람, 밖에서 불었던 게 아닌 듯해요

홀로 감당할 수 없는 일이

그림자를 물고 늘어진다는 걸 알면서

나는
그냥 살얼음 녹는 소릴 들으며 당신에게도, 아무에게
도 깊어지지 않을래요

# 가지를 삶으며

색이 풀리는 걸 본다

보랏빛이 빠져나가고
언제나 일곱 살,
검푸른 빛의 죽은 언니가 찾아왔다

다시 오지 마
이쪽을 기웃거리지도 마

내 앞에서 너는
물든 손을 내려놓고 천천히 지나갔다

반짝거리는 일은 없지만
그렇게 막막하지 않아

다 끝났으니 그만 잊어줘

저마다의 색으로 새벽이 맨 처음 깨어나고

# 물방울의 여름

모임을 마치고 오면
조마조마한 사연이 있는 것도 아닌데
얼음 조각을 깨문다

밖으로 달아나던 꽃잎을 모으지 못한 채
유리컵이 입을 벌리고 있다

마음이란
그런 거야
보이지 않고 냄새나지 않고 만질 수 없는 거야

두려움이 자라 뾰족함이 되던
물방울의 여리고 둥근 시간들

온몸에 소름 돋은 그 긴 날을 알았다면
여름은 왔을까

먼 곳에 가고 싶었다
손을 내밀면 빙하처럼 투명한 열매가 맺힐 테니까

따로 맺지 않아도 괜찮을 거야

모든 날이 이어졌으나
모두가 저물었고

물을 재촉하며 닿으려 했던

북극은 북극에만 있지 않다며 차가운 여름을 뜨겁게
흘러갔다

# 후회

너무 왔다는 걸 알았을 때
돌아가고 싶었다

숲은 푸르렀고
푸르름이 더하여 검붉었다
한껏 검붉다가 어두워지면

털이 많은 짐승이 먼 산기슭에서 잠들었다

잠잠해야지
그래야지
어쩌면 그런 날이 안 올지 몰라
숲의 술렁거림을 굽어보면

후회는
어디 아픈 듯
뒤늦게 따라왔다

조금 따라오다가

어느 산모퉁이로 접어들었는지 보이지 않았다

날마다 눈뜨고 감는 일처럼
집으로 갈 수 없는 후회가 차곡차곡 쌓여갔다

# 창문

남쪽으로 목동이 이동하면 따라갈까 해요
우유를 먹을 수 있을 거예요

쉬지 않고 밥상을 차려도 가슴에 젖이 말랐다

두루마리 휴지를 떨어뜨렸다 풀리는 휴지를 따라간다
는 건 뭔가를 들여다보는 것, 어디 가보지 못한 곳으로
간다는 것

여태껏
깊어졌던 게 아니라 펼치지도 못했구나
쏟아지는 물줄기를 받아낼 수 없었구나

망설이다가 주저앉아야 했다

남쪽으로 목동이 이동하면 같이 갈까 해요
우유를 먹지 못해도 상관없어요

불행인지

어쩌면 다행인지

우리는 열리지 않는 창문과 창문 사이에 겹겹이 둘러

싸여 있었다

# 누가 입을 데리고 갔다

오래 버티던 그녀가 쓰러졌다

아름다운 중심과 술렁이는 가지 끝
목구멍에서 흰 피가 솟구쳤다

비가 내렸고
벽오동이 가장 먼저 찾아와
찢어진 입으로 밥 받아먹고 있었다

세상은 사시사철 빗속이거나 진흙탕물이라고
잠이나 실컷 자둬야 한다는 잎도 있었다

한때 그녀는 수천 개의 잎을 가졌다 버리지도 거두지
도 못한 입은 그녀를 가만두지 않았다 날마다 어둡게 빛
나면서 자랐다

모든 잎들이 한꺼번에 거대한 입속으로 빨려들고

그녀가 지고

흰 달이 뜰 때까지

죽은 입들이 떠돌아다닌다

숨죽여 새잎이 돋아나려면 얼마나 많은 입과 소원이
필요한 걸까

그러니까
아득한 것들이 더 아득해지기까지

# 담쟁이

어둠이란
피 묻은 거즈가 배 속에 남은 줄 모르고
서둘러 꿰맨 아랫배 같아서
하늘은 저리 붉은가 봐요

안 된다고
발버둥 칠수록 제자리라는 걸
혹시, 알고 있나요

위로하지 말아요
우리는 예정보다 한발 늦게 도착하지만
아마 거기도 담쟁이넝쿨 붉게 타오를 거예요

# 기억은 한동안

창을 스치던 빛이 남아 있다

황급히 떠난 온기가 제 그림자를 떨어뜨린 것이다
누가 시킨 것도 아닌데 늘어가는 한숨에 발목 묶이면

이미 다 펼쳐진 뻘밭이다

요 며칠 사이
입구가 맞지 않는 병뚜껑처럼 헛돌다가 서로 다른 곳
을 그리워하며 잠시 눈을 붙였다

어디선가 새 울음소리 들리고

뭔가 절실한 것도
그쪽을 보고 싶은 것도 아니었지만

눈을 뜨면 옅은 어둠 속, 알 수 없는 일들이 사방으로
물들며 빛나기 시작했다

# 응달의 눈

반쯤의 잘못이 서로에게 있다면
차라리 인사하고 가자

그것도 안 되면
온종일
그 집 앞을 왔다 갔다 해보자

서둘러 나간 입술엔 온기가 남아 있지 않아

바람에게서 털옷을 떼어내려면
마른 가지에 앉았던 새의 발가락을 더듬어보자
새를 떠나보낸 검은 숲의 적막을 기억해보자

질척이는 골목으로 접어드는데
집들은 문을 걸어 잠그고

응달의 눈을 바라보는 사람은
반쯤의 잘못으로 헤어진 사람

가벼운 것들이 쌓이면

얼마나 깊어지는지 아는 사람


무얼 보내줄 수 없어


가야 할 곳도 지우고 이곳에 남으려 하는지

# 사랑


흰죽을 휘젓는 기분으로

빗속에 앉아 있었다

흰죽이 식어가는 모습으로

빗속을 걸어 다녔다

이따금씩 나락으로 굴러떨어졌다

그 일이 한없이 좋았다

네 눈빛으로 접고 펼 수 있는

의자를 들였다

그 속에서 영영 나올 수 없었다

# 2월과 3월

할머니 돌아가시고
이란성 쌍둥이 조카가 태어났다

무언가 보고 싶은 사람들처럼

모든 기다림은
3월의 달력에 희미하게 남은 2월이었어

옆을 지켜준다는 건
그 자리에 저무는 일이야

햇빛 한 줄기 내려와 매화나무에 앉았다

2월은 시들고

언젠가 3월도 피운 꽃 떨어뜨리겠지만
서로가 서로를 보낸 적
없다

# 장례식


혼자 남은 빛은

부스러기 하나 떨어뜨리지 않고

바스러질 것 같은 어깨를 감싸 안았다

아무도 지켜주지 못한

마지막 숨 거두어

쓰다듬고 싶지만

당신에겐 눈꺼풀이 없었다

당신에겐 뼈와 살이 없었다

넘쳐나는 울음과

깨어지지 않으려는 기도 사이,

도착하지 않은 아침을 만나려고

손안에 움켜쥔 젖은 빛들이 빠져나갔다

## 머루

가령, 손가락 사이 눈송이라든지
진흙 속에 살며 진흙을 잊은 한때라든지

기를 쓰고 젖을 빨다가 빤히 쳐다보는
아기의 물기 어린 눈빛이라든지

붙잡지 못하고 보내줬던 기억은
누구에게나 있었다

사람에겐 정을 내지 않는 그는
모임 때마다 뼈다귀를 담았는데

그날은 미안했던지
쪼르르 쫓아오는 강아지 눈망울이 하도 예뻐 머루라
부른다고
묻지도 않은 말을 남기며 검은 비닐봉지를 들고 일어
났다

그의 뒷모습을 훔쳐보다가

눈이 마주쳤다

머루는 얼마나 홀로였으면 저렇게 새까매졌을까

마주치지 말아야 했다
커다란 덩치의 그가 본 적 없는 머루와 닮은 것 같다

# 북극성

옛날에 우리는
때때로 할 말을 잃고

까마득히 깊어져서
더할 수 없는 사이가 되었다

서로의 가슴에
시퍼런 멍으로 빛나며

여기까지 흘러왔으니

잘 가라,
아주 잘 가거라

떠나보내도 제자리인 빛이

저토록 서러운 것은
지금도 옛날이기 때문이다

# 공휴일


입속의 말을 꺼내어 창가에 매달았다


눈꺼풀로 창을 닫는 자들이
얼마나 조용히 제 몸의 소리를 끌어안는지


줄곧 누워 지내던
깡마른 남자가 휠체어를 밀고 나와
담배를 피웠다


곁을 지키는 반려견과
무언가 되고 싶다는 듯 멀리까지 피어오르는 연기


어쩌면,
정말 어쩌면 말이야
믿어볼까 했던 천국엔 빛이 많아 지겨울 거야
캄캄한 것들이 그리울 거야


어두운 창에 불을 밝히며 아픈 다리를 펴고 있었다


입속의 오래된 말은,

**3부**
아름다운 것을 품으면
모든 게 사라져도 사람은 남는다

## 저녁이면 돌들이

저녁이면 돌들이
서로를 품고 잤다

저만큼
굴러 나가면
그림자가 그림자를 이어주었다

떨어져 있어도 떨어진 게 아니었다

간혹,
조그맣게 슬픔을 밀고 나온
어린 돌의 이마가 펄펄 끓었다

잘 마르지 않는 눈빛과
탱자나무 소식은 묻지 않기로 했다

# 키스

어둠이 빛을 밀어냈다

잘 맞물린 단단한 가슴뼈
끌어안으려고

빛이 팔을 길게 내뻗는다

꽃과 숨이,
젖은 손과
하얀 밥공기도

다만 눈감아주었다

아무에게도 보여주기 싫어
혼자 바라보는 날이 있었다

# 영혼이 내게 말했네

난 내가 있는 곳을 알지

제 죽음인 줄 모르고 온몸으로 들러붙은 파리지옥에
있지 않지

종기처럼 매달린 검붉은 열매에도 있지 않지

아, 하고 들여다본 컴컴한 우물 속 거기에도 있지 않지

솟구치는 피를 쏟으며 동네를 돌아다니던 어미 돼지의
눈빛과
　주저앉는 순간까지 후들거리던 다리에도 있지 않지

난 내가 있는 곳을 태어나기 전부터 알고 있지

그러나 말하고 싶지 않지

문득 돌아보다가 하얗게 잿더미가 된 너에게는 말하고
싶지 않지

# 연못

잎은 많지만 뿌리는 하나
내 청춘의 거짓된 허구한 나날 내내
햇빛 속에 잎과 꽃들을 흔들었네
—— 윌리엄 버틀러 예이츠

길모퉁이의 돌멩이를 지나쳤다

한쪽 어깨가 기울지 않았다면 당신은 남았을까

열렬히 그리워한 꽃잎은 시든 채

돌아서서 입술을 떼어내지 않았을 것이다

조금만 더 힘을 내봐 가라앉는 방법을 배우게 될 거야

연못을 찾아다니는 일은 계속되었다

새끼손가락이 펴지지 않았고

차갑게 떠나보낸 시간을 예감하지 못했다

어디로 가면 애타게 찾던 그날이 올까

잊히기 위해 견뎠다고

낯빛의 출렁임조차 숨겨두었다고

누구에게 말했을까

알면서도 던져놓은 질문에 매일 빠져들었다

난데없이 빗방울이 쏟아졌다

어둠이 천천히 깔렸다면 용서할 수 있었을 텐데

앞만 보고 걷지 말라고, 쉬어 가라고 다독거렸을 텐데

슬퍼할 틈도 없이 연못 하나가 연꽃 속으로 사라졌다

# 동백, 휘파람


쉬잇, 쉬잇 자정에는 불지 마


머리가 여럿 달린 뱀이 나올지 몰라
담장을 넘어올지 몰라


그만해라 해도 어디서 휘파람
밤은 빨갛게 매달린 열매를 삼켰다 뱉어내고


살아보겠다고
살아야 한다고
무수히 꿈틀거리던 뱀들이 길가에 깔린다


높은 데서 내려오기는 두려워
남몰래 두 발을 뻗는 일도 어려워


쉬잇, 쉬잇 동백은 죽은 뱀을 놓아주지 못해
붉게 물든 머리통을 물어뜯으며


서로가 서로에게 무엇이 되어야 하나

서로가 서로를 지켜주지 않으면 어떡하나

더는 잠들 수 없어
쉬잇, 쉬잇 쉬지 않고 피는 저 동백, 휘파람

## 바다


신발을 벗어 들고 해변을 걸었네
인긴의 빌소리가 좋아 달빛은 삼단 같은 머리채를 늘
어뜨렸고


눈동자가 없고
입술이 입술 밖에 있는,


제 얼굴조차 지워버린
늙은 아가씨들이 물속으로 뛰어들었네


흰 스티로폼 둥둥 떠다니고 눈부시게 쏟아지는 시선과
검은 모래펄만이 살아서 출렁거리는 날들이었네


애인을 용서하기 싫지만 여긴 그런 거 필요 없지
세상은 어두운 이후에 다시 어두워지지만 여긴 그런
거 필요하지 않지


바다라는 짐승과

낯선 애도와

그리고 짙푸른 달빛

# 중앙

일곱 날 머물러 사흘 피는 장미

일곱 날에 일곱 날 생각하는 돌들

변두리에 주저앉은 종로 다방아
손님 하나 없어 구제되지 않는 구제 옷집아
꾸덕꾸덕 마른 껍질과 살점이 널브러진 족발집아

한때 가운데였다가
뜨거운 하루로 머물다가

지금은 구석으로 밀려난 것들을 위하여

일곱 날에 수많은 일곱 날,

장미는
시드는 걸 부끄러워하지 않았고

돌들은

저마다 입속에 돌을 잔뜩 물고

당신은
붉음이 붉음으로 오지 않는 그 많은 중앙을 견디었다

# 흰 눈

폐지 리어카 위에

소복이 쌓인

저
작은
뒤척임

늙은 소의 속눈썹도
검은 나비의 이지러진 날개도
간신히 붙어 있는 유기견의 그것도 아니면서

그토록 기다렸다는데
이곳이었을까

그런 곳이 정말 있었을까

생각을 오래 하면 몸에서 피가 빠져나가는 느낌이 들
었다

# 흰 돌


그날 우리는 무얼 했을까


옥잠화 지고
병든 개들이 죽어 나갔지만
당분간 밖으로 나갈 수 없었다


다시 울지 않는 작은 새
무심한 구름의 무심한 안부


매일 만지작거리던
슬픔을 내다 버리며


잠깐만요, 지금 거기가 어디죠


낯선 당신이 문을 두드려도


우리는 그저
아무 일 없던 것처럼 사라지고,

# 하늘

1

무엇에 물들지
무엇에 깊어졌지

어떤 날은
허밍으로 부르지 못한 노래가
다친 다리를 질질 끌고 가서

생채기 난 무릎에
새하얀 실바딘 연고를 바른다

집이 어디냐고 물었는데
온통 먹구름뿐이었다

2

또 어떤 날은

무수한 일렁임으로
검은 젖꼭지를 잃은 아기처럼
딸꾹질하다 잠이 들었다

왜 주저앉으려 하지
왜 물기를 버리려 하지

속내를 몰라도 너무 몰랐다


3

잎사귀 죽은 새벽에
한껏 목울대를 세우며
저 혼자 떠들다가, 울먹거리다가

어딘가로 떠났다는데

여태 그를 본 사람이 없었다

## 나중 오는 것들

오라는 연락이 왔는데 이젠 도리가 없습니다

잎잎이 춤추던 바람이
시들해지지만
이곳은 춥고 춥지 않다 해도 갈 수 없습니다

꽃들의 고성古城을 고대한
봄날은
순간을 다하여 저물었고

악착같이 버티던 공기처럼
서서히 타들어가는
땅끝에 서면

죽겠다던 사람은 죽지 않고
살겠다는 사람은 더 오래 살아

천지가 감당하지 못한 꽃 멀미입니다

그날, 그날은 발 헛디뎌 왔다 가고
나중 오는 것들이
먼저 꽃핀다는 다른 세상을 생각하며

캄캄해서 잘 보이는데 아무것도 볼 수 없는 봄날의 한
복판입니다

# 그늘의 저쪽

밥물이 끓어 넘쳤다

겨울에 받은 소포는
뜯지 못한 채 구석에 던져됐다가
여름이 오자마자 버렸다

떨어지지 않으려 바둥거리던
열매가 있었다

인공 눈물을 넣어도
눈물은 나오지 않았고

이웃집 늙은 여자는 개를 끌고 다녔다
서로 닮아간다는 걸 모르는 채

햇볕을 가리지 않았는데
자꾸 그늘이 졌다

거두어낼수록 짙어갔다

휘어진 그늘의 방향으로

켜켜이 푸르른

나무는 오래 바라보던 강물이 되었다

# 성산 일출봉

아름다운 것을 품으면 모든 게 사라져도 사람은 남는다

얼마나 많은 비와 바람이 다녀갔을까

어느 날,
헤어질 수 없는 그 사람마저
떠나가고

허연 물거품만 해변을 떠돌다가 흘러왔다

이제 기쁠 일도
특별히 안될 일도 없는데

그럭저럭 견딜 만하다던 당신의 병이 깊어졌다 슬픔은
언제나 묵직해서 혼자 가려 하지 않았다

# 그 집 앞 나무

모든 게 잘 보일 때가 있다

이른 새벽, 거기 매달렸던 사람의 얼굴에 핏기 가셨다
멀쩡한 정신일 수 없어 나무도 그 사람에게 보내는 걸까

울음은 혼자 우는 걸까

잎새의 마지막 떨림,
간신히 중심을 잡으려 했지만

나무가 잘려 나갔다

더 이상 힘들지 않도록 밑둥치를 감싸주었다 나무는
나무여서 그 자리에 있었던 게 아니었다

# 거리

유리창을 닦다가 차고 맑은 바깥으로 얼굴을 내민다
허공은 그늘신 나를 데리고 낯선 곳으로 간다

이리로 와
여긴 춥지 않아 어둡지도 않아

조금 멀리 따라갔다

가슴 한번 펴는 일은 늘 어려워
가슴이라는 말은 가슴을 앓던 사람이 만들었을까

중얼중얼 돌아오면

종기처럼 검붉은 열매들이
횟배 앓는 나무를 빠져나와 둥근 나무의 품에 안기고

가까워지려 해도 또 그만큼의 거리가 생겨났다

## 숲속의 작은 불빛

그것은 푸르고 검고 너무 어두워 무섭다 죽은 줄 알았
는데 숲의 귀가 되었다 팔랑거렸다

날개 잃은 나비와 파닥거리는 돌을 얻으려면 뛰어가지
마라, 달빛 시퍼렇게 쫓아와 뒤통수를 베어가도 뛰어가
지 마라

미친 달은 깡마른 뒷모습을 보이며 임종을 맞는 환자
처럼 드러누웠다 스스로 빛을 지워버렸다

북쪽이 깊어진다

그러나 우리는 가진 게 없고, 허물이 많고, 귀가 얇아
작은 탄식에도 일어나지 못하니 캄캄하구나

떠나기 전에 잠깐 곁을 내어다오 부서지며 흩어지는
빛, 빛, 불빛

# 노래

밤을 잡아먹는 커다란 눈송이가 저쪽을 끝없이 따라
가요

누가 말하지 않았는데

사라지면서 흐르는 순간을 강물이라 불러봐요

목소리마저 버리고

숨어 있던 마음이 한꺼번에 끓어넘쳐요

                              *

밤을 잡아먹는 커다란 눈송이에서 눈을 뗄 수 없어요

더는 넘치지 않으려고

손끝에 머뭇거리던 순간을 다시 강물이라 불러봐요

오늘은,

어쩌면 마지막 날일지도 몰라

감기면서 풀려나는 이름이 검은 하늘가에 뒹굴어요

                              *

　그리하여 언젠가 아무 일 아닌 듯 멈추어야 할 눈발이,
서로 잡아끌며 뒤엉켜 가릴 수 없는 흰빛이, 밤의 무릎으
로 스며들고 젖어들며

　이제 노래가 되어

# 호양나무


머리에 붉은 띠를 두르고
불의 입술로 지팡이 내던지며 기다렸다
응어리진 말을 뱉어내지 않았다

이마에 돋은 땀방울,
애지중지 지키다가 스스로 잡아먹었다

수육을 삶고
부침개를 부치고
식어가는 어미 품에서 죽음을 모르는 새끼처럼
낯빛마저 뭉개졌는데

제 몸속의 그늘을 어찌할 수 없어
너는 여기, 살아왔구나

허물어지는 허벅지의 안쪽에도
바람의 두께가 쌓여간다고

어두워지지 않는 저녁이 몰려오면

호양나무여

우리의 흐릿한 눈빛은 너의 굵은 허리에서 쉬어 간다

일찍 늙어버린 처녀들도 너의 굵은 허리에서 쉬어 간다

# 그런 날이 계속되었다

내가 나를 어찌할 수 없을 때 왜 네가 흔들리는지 붉은 담벼락에 낮게 매달린 흰 꽃들, 그림자들이 너울거리며 파고든다

*

꽃가지가 휘어지기 시작했다 그냥 있으면 안 되겠니 서로를 바라보는 일이 전부잖아 눈앞에 희고 붉은 것들의 흐느낌이 들렸다

*

이마에 땀방울이 맺히고 누군가를 불렀다 거기서도 왜 네가 자꾸 흔들리는지 여린 빛들이 밀려오고 밀려갔다

*

벼랑으로 힘껏 떠밀렸다
한 발짝, 한 발짝만

앞으로 나아가면

우리도 수만 송이 흰 몸속으로 들어갈 수 있을까

왔던 곳으로 다시 돌아갈 수 있을까

# "붉은빛"에서 "호양나무"까지

## 김영임
(문학평론가)

> 어디에선가 먼먼 훗날
> 나는 한숨 쉬며 이 이야기를 하고 있겠지:
> 숲속에 두 갈림길이 있었다고, 그리고 나는―
> 나는 사람들이 덜 걸은 길을 택했다고,
> 그로 인해 모든 것이 달라졌다고[1]

## 갈림길의 농담

미국의 시인 프로스트Robert Frost의 「가지 않은 길The Road Not Taken」만큼 한국인에게 익숙한 영시가 있을까. 영어권에서도 수많은 사람들이 낭송했을 이 작품은 그것이 누렸던 사랑만큼이나 시의 메시지를 둘러싼 많은

---

1 로버트 프로스트 외, 『가지 않은 길―미국 대표시선』, 손혜숙 옮김, 창비, 2014.

이야기들을 담고 있다.[2] 메시지를 어떻게 읽어내느냐에 따라 독자들의 입장은 나뉘고 각각은 서로를 오해라고 한다. 만약 당신이 쓸쓸한 숲의 정경을 배경으로 한 일기장이나 편지지 위에 활자화된 형태로 이 시를 처음 읽었다면, 아마도 '가보지 못한 길'에 대한 '아쉬움'을 읊조리는 화자를 발견했을 가능성이 크다. 그리고 마지막 연의 '한숨sigh'에 주목했으리라. 또는 "덜 걸은 길을 택했"다는 것에 끌리는 독자라면 다수의 선택에 휘둘리지 않고 자신만의 목소리에 따라 인생을 개척해나간 시적 화자에 이입했을 것이다.

시 읽기에 관련된 또 다른 이슈로는 시적 화자의 선택이 정말로 "모든 것을 달라지게 했냐"에 관한 것이다.[3] 시에서 묘사하고 있는 두 길은 거의 같으며 동일하게 잎에 덮여 사람들이 밟지 않은 형색인데 말이다. 어느 누가, 어느 길이 "사람들이 덜 걸은 길"이라고 말할 수 있는가? 이는 애초에 차이가 없는 길이 '모든 것이 달라지는all the difference' 결과를 만들어내는 것이 가능

---

2 2015년 데이비드 오어의 책 *The Road Not Taken: Finding America in the Poem Everyone Loves and Almost Everyone Gets Wrong*이 출간되었을 때, 문소영과 신형철이 칼럼을 통해 이 책에 담긴 프로스트의 시를 둘러싼 오해들을 소개한 바 있다. (문소영, 「오해되는 시, 가지 않은 길」, 『중앙일보』 2016년 1월 3일 자; 신형철, 「모두가 사랑하고 대부분 오해하는?」, 『한겨레』 2016년 7월 1일 자.)

3 Dan Brown, "Frost's", *The New Criterion*, April 2007.

한가에 관한 질문이다. 그렇다면 이 시는 프로스트 자신이 길이 나뉠 때마다 어느 길로 갈지 애를 먹는 '산책 친구', 에드워드 토마스Edward Thomas에 대한 농담jibe 이라고 말했던 것처럼 독자들을 향한 미묘한 농담을 숨기고 있다. 결국 어느 길을 선택하든 그 둘의 차이는 크지 않으며, 먼 훗날 '모든 것이 달라질' 일도 없다는 짓궂은 농담. 특히나 평이하게 읽히는 시의 이면에 자신이 하고 싶은 말을 감추는, 변증법적인 경향의 시 쓰기를 한다는 프로스트라면 이런 접근은 꽤 설득력 있다.

미국의 시인 댄 브라운Dan Brown은 프로스트가 이 시 안에 두 가지 의미를 다 담고 싶어 했다고 말한다. 주체적인 삶을 선택하는 중요성을 주장하면서 동시에 그 선택이 개인의 삶에서 큰 차이를 가지고 오지 않는다는 농담. 독창적인 예술가로서의 자신 그리고 뉴햄프셔 벽촌에서의 자발적인 유배 생활을 통해 개척자적 면모를 증명했던 프로스트에게 주체적인 삶의 선택 역시 무시할 수 없는 중요한 부분이지 않았을까.

그러면 이 시는 '가지 않은 길'을 향한 후회, 또는 주체적인 삶의 선택에 대한 예찬 또는 그럼에도 불구하고 그 차이가 가져올 다른 결과를 믿지 않는 짓궂은 농담을 다 포함한 여러 독법을 가지게 된다. 신형철의 말대로 당신은 시를 반복해 읽으면서 "작품이 품고 있는 여러 갈래의 길을 남김없이 다 걸어도 된다".[4] 그런데 여기 프로스트가 놓친 게 있다. 세상에는 자신의 시적 화자와 달리 두 갈래의 길 앞에서 본인의 의지로 길을 선택할 수 없는 이들도 존재한다는 사실이다. 프로스트의 시적 화자가 길을 선택하는 순간에 가지는 망설임은 "하나의 길만 걷는" 것이 주는 아쉬움에서 나온 것이며, 선택의 불가능성 앞에서 주저앉을 수밖에 없는 이들이 갖는 망설임과는 다르다.

박미란의 『누가 입을 데리고 갔다』에는 가지 않은(못한) 길에 깃들어 있는 안타까운 시선들이 담겨 있다. 박미란의 시적 화자들은 프로스트의 화자와는 달리 자신의 자리에 머무는 것으로 선택을 대신한다. 길을 나서는 선택을 통해 삶을 바꾸는 대신, 자리에 머물면서 세월과 함께 삶을 지탱해나간다. 하지만 인생의 굽이굽이마다 마주쳤던 갈림길 앞에서의 망설임, 불안 그리고 후회는 잊힌 것이 아니라 화자의 몸 안에 "마음의 얼음덩어리"(「저녁에서 밤으로 흘러들었다」)처럼 뭉쳐져 있다 슬며시 스미어 나와 시인의 시가 되었다. 그 시간들은 밑이 뚫린 구멍처럼 스쳐 지난 줄 알았지만, 스침의 시간 속 기억들은 시인의 육체에 고스란히 스며들었다. 그리고 그 아련한 아픔과 안타까움은 화자의 몸속에서 함께

4  신형철, 같은 글.

세월을 지내면서, 삶을 살아낸 자만이 가질 수 있는 연륜과 지혜로 전이轉移되었다. 누구든 그렇게 말하지 못한 것들을 마음에 얼린 채로 살아가는 것이 삶이다.


## "넘어서기 힘든 당신", 그리고 "여기 없는 것들"


2017년 노벨문학상을 수상한 일본계 영국 소설가 가즈오 이시구로의『남아 있는 나날』[5]은 평생을 집사로 살아온 스티븐슨의 일생사이면서, 애써 모른 척했던 동료 켄턴 양에 대한 사랑을 돌아보는 이야기다. 자신의 업무를 위해 아버지의 임종을 지키는 일도 미뤘던 스티븐슨에게 다른 것을 선택하기 위한 망설임은 없어 보인다. 그런 그에게도 평생 끈질기게 남아 있는 기억 속의 장면이 하나 있다. 사귀는 남자에게 청혼을 받고 온 켄턴 양에게 축하한다는 짧은 한 마디를 남긴 그는 불빛이 새어 나오는 켄턴 양의 집무실 앞에서 자기도 모르게 멈춰 선다. "지금 저 문을 두드리고 들어가 보면 눈물 젖은 그녀를 발견하게 될 것이라고 굳게 확신"[6]하면서.

5  이 소설은 안소니 홉킨스Anthony Hopkins와 엠마 톰슨Emma Thompson 주연의 영화로 각색된 바 있으며 1994년 한국에서 소설과 동일한 제목으로 개봉되었다. (가즈오 이시구로,『남아 있는 나날』, 송은경 옮김, 민음사, 2009.)
6  가즈오 이시구로, 같은 책, p. 281.

결국 그는 문을 열지 않고 신사들의 시중을 들기 위해 자리를 뜬다. 그때 그가 그 문을 열었더라면 소설의 결말은 달라졌을까.

오래된 집 앞에 서성거렸다 붉은빛이 다른 빛을 잡아먹고 아름드리 꽃나무가 우거진,

비스듬히 안이 보였지만 선뜻 들어갈 수 없었다 한 발 들여놓으면 귀밑머리 희끗하게 살아야 할 것 같았다

언젠가 푸르스름한 칠이 벗겨진 대문을 열고 이끌리듯 마당에 들어갔던 적 있었다

그러나 어디까지였을까

그 어떤 일에도 넘어서기 힘든 당신이 버티고 있었다
—「문」 전문

켄턴 양의 집무실에서 새어 나오는 불빛이 스티븐슨의 발길을 잡았듯이 "오래된 집"에서는 "붉은빛"이 "아름드리 꽃나무"와 함께 시적 화자의 발길을 문 앞에서 서성거리게 한다. "꽃나무" "푸르스름한 칠", 게다가 "다른 빛을 잡아먹"은 "붉은빛"은 "오래된 집"에 신

비스러운 분위기를 드리우면서 시적 화자가 문을 마주
하고 있는 시공간의 현실성을 희석시킨다. 시 전체에
쓰인 과거 시제는 아마도 이 장면이 흐릿한 유년의 기
억이나 꿈과 연결될 수 있음을 암시한다. '문'안의 붉
은 공간은 현실과 분리되면서 미래의 시간 축과 연결되
고 있다. '문'안에 무엇이 있는지는 확실히 알 수 없지
만, '문'안으로 들어서는 것은 자신의 삶에 큰 영향을
주는 선택이라는 것을 화자는 직감한다. "한 발 들여놓
으면 귀밑머리 희끗하게 살아야 할 것 같"은 미래는 불
안하고 두렵다. 미래는 그런 이유로 동시에 유혹적이다.
그래서 "선뜻 들어갈 수 없"다고 생각했지만 어느 날은
"이끌리듯 마당에 들어갔던 적"도 있다. 그 화자의 앞을
막아서는 것은 스티븐슨처럼 자기 자신의 의지가 아니
라 "그 어떤 일에도 넘어서기 힘든 당신"의 존재다. '당
신'의 모습을 구체적으로 특정하기는 어렵지만, 우리
모두에게 이런 '당신'이 있지 않은가. 매번 자신을 위한
선택에 보이지 않는 목소리로 개입하는 '나'의 내부이
면서 외부인 존재.

'당신'은 시집 안에서 다양하게 변주되기도 한다.
「문」에서는 시적 화자의 일탈 또는 다른 미래를 향한 길
나섬을 막아서는 존재이지만, 반대로 시적 화자의 '현실
너머를 상징하는 존재'로 그려지기도 한다. "어디 같이
가자고 한 것도 아닌" 무심한 "당신의 손짓" 하나에 시

적 화자는 "가슴이 떨리고" "창문에 나부끼는 앞날을/바람이 데려갔으면 좋겠"다고 생각한다. "머리부터 발끝까지/누군가를 대신해 오래 살았고" "아침이 오면 그곳으로 갈 수 있을까" 기대하지만 결국 "손은 가슴을 쓸어내리려 그곳에 얹어"진다. 그래서 "아무래도 손은/가슴에 붙은 느낌"이다(「아침이 오면 그곳으로 갈 수 있을까」).

　"누군가를 대신해 오래 살았"던 '나'를 내려놓고 '그곳'으로 가지 않았던(갈 수 없었던) 시적 화자에게 '어둠'은 '그곳'에 존재하는 '당신들'을 볼 수 있는 영역이다. 현실에 매인 '나'는 "때때로/안간힘 쓰며//제 몸 지키는 일에/깃털 하나 날아가지 않"는 삶을 살고 있지만 "밤마다 송충이들이 짓무른 몸으로 기어가는 것을 보았다/밤마다 임신한 고양이가 몰래 집 나가는 것을 보았다/밤마다 산당화가 꽃잎 붉게 하려고 손가락 넣어 토하는 것을 보았다". 현실의 '나'는 어둠 안에서 '나'의 다른 모습인 '송충이들' '고양이' '산당화'를 보았다. "밤마다 나는/보이지 않거나/여기 없는 것들을 그리워하"기에 "오랫동안 돌아오지 못했다/처음부터 집이 없었다"고 말하고 싶다. 그렇게 바라고 싶다(「밤마다 나는」).

## "누가 입을 데리고 갔다"

그곳으로 가지 못한 '나'는 프루스트의 시적 화자처럼 '먼먼 훗날 한숨 쉬며' 이 이야기를 하고 있을까? 아니다. '나' 또는 '우리'는 입조차 열지 못했다.

부추꽃 자잘한 그곳에 앉아
우리는 부추꽃도 강물도 얘기하지 않았다
할 말이 없기에 뭔가를 간직하고 싶어졌다

물살을 거스르던 청년들이 강의 이쪽과 저쪽을 건너는
사이
우리는 허물어지는 것들에 대해서도 입을 열지 못했다

아무렇지 않은 듯
저쪽 너머를 바라보았지만
어떤 말은 그대로 몸속에 머물렀다

우리는 다시 흔들렸다 물어도 답할 수 없는 풍경에 가
만히 숨을 내쉬며

누구나 한 번쯤 놓쳐본 적 있는

늦었다는 말은

얼마나 오래되었던지

강둑으로 불어오던 바람이 서로를 보지 못하게 머리카
락을 허공으로 흩뜨려버렸다

———「강둑에서」전문


　강둑에 앉은 우리에게 주변의 풍경은 아무런 의미도
없다. 그래서 "우리는 부추꽃도 강물도 얘기하지 않았
다". "물살을 거스르던 청년들"을 보면서 그들의 젊음
과는 달라져버린 우리 육체의 "허물어지는 것들에 대
해서도 입을 열지 못했다". 대신 "할 말이 없기에 뭔가
를 간직하고 싶어졌다". 그리고 "어떤 말은 그대로 몸
속에 머물렀다". 우리 사이에 실질적인 발화를 통해 오
고 가는 말은 없지만, 대신 "가만히 숨을 내쉬며" "머리
카락을 허공으로 흩뜨려버"리는 강둑의 바람 안에 간직
한 말들이 머물러 있다. 이렇게 박미란의 시적 화자들
은 "맘속엔 수많은 총알의 흔적"들을 가지고 있지만 총
알이 스치면서 만든 상처를 관통하는 "그 빛을 꺼내놓
고 싶"어 하지 않는다(「우리들의 올드를 위하여」). 대신
그들은 마음 안에서 그것을 얼리면서 상처를 덮는다.

3

　당신을 만나지 않는 게 좋겠어요 이렇게 말하고 후회
한다는 걸 알아요 어떤 말은 비참해서 입술에서 나가는
순간 얼음이 되어요 어느 때부턴가 차가움을 사랑하게 되
었어요 소음이 심한 냉장고의 커다란 얼음덩어리에 힘들
었던 적 있어요 어떻게 그걸 안고 살아왔는지 몸속의 종
양 덩어리를 뱉어놓은 듯 냉장고는 멈추었어요 이제 당신
을 만나지 않는 게 좋겠어요 차가운 당신, 당신이라는 환
상을, 견디기 싫어졌어요 마음의 얼음덩어리를 들어내면
또 후회하겠지만 녹는 순간을 지켜보던 마지막 천사처럼
우리의 느닷없는 밤도 흘러갔어요
　　　　　　　　　—「저녁에서 밤으로 흘러들었다」 부분


　"어떤 말은 비참해서 입술에서 나가는 순간 얼음이
되"고 만다. 화자는 '말' 대신 몸 안에서 '얼음덩어리'
를 만든다. 2연에서 "물컹한 고깃덩어리를 도마에 올
리고 칼질을 하"던 화자는 자신의 그런 모습에 "갑자
기 무서워"진다. "이러고 있는 나를 상상이나 했겠"냐
고 물으면서 "고깃덩어리를 냉장고에 다시 넣"는다. 이
순간 현실이었던 '고깃덩어리'는 현실 바깥에 두고 온
다른 '나' 또는 '당신'을 각성시키는 매개물이다. 그래
서 고깃덩어리를 얼리는 행위는 동시에 '당신'을 얼리

는 것과 같다. 이것은 '당신'을 잊기 위함이면서 '나' 안
에 영원히 보존하기 위함이기도 하다. '몸'은 냉장고처
럼 차가움을 유지하기 위해 부단히 노력한다. "차가움
은 제 안의 것을 다치지 않게 하려고 밤낮없이 돌아가
고 있"다. '차가움'은 현실을 살아내기 위한 화자의 선
택지이기에 화자는 "어느 때부턴가 차가움을 사랑하게
되었"다. 하지만 마음속에서 점점 비대해지는 "얼음덩
어리"에 힘들어진 몸은 냉장을 멈춘다. "마음의 얼음덩
어리"는 "몸속의 종양 덩어리"가 되어간다. 이제는 "차
가운 당신, 당신이라는 환상을, 견디기 싫어"진 화자는
'당신'을 '나'의 바깥으로 녹여 흘려보낸다. 그러고는
또 후회할 것을 예감하지만, '당신'을 녹여 보낼 수 있
는 것은 '차가움'을 오랫동안 사랑해본 자만이 할 수 있
는 결정이 아닌가. 이 흘려보냄은 단순히 세월에 투항
해서가 아니라 세월 안에서 화자가 얻게 된 부동不動의
마음 덕분이다.


**"저녁은 하루 중에 가장 좋은 때요"**[7]

　뭐 그리 시시한 일이 있을까요

7　가즈오 이시구로, 같은 책, p. 300.

추운 날이 다시 와도
지금은 힘들지 않아요

베어 문 케이크 조각이 떨어지자 당신은
그걸 밟고 갔죠

말도 안 돼
발밑에 바스러지며 으깨지는 그림자,
우리에게 남은 영혼이 조금밖에 없어요
애써 달아나지 마세요

피처럼 뜨겁던 태양이 얼음 쟁반으로 돌아올 때
사랑을 잃어버린 듯 울부짖곤 했지만
그런 힘마저 사라졌어요

뭐 그리 시시한 일이 또 있을까요
종일 서성거리며
초조해하지 않으려 해도
입속에서 나간 것들은 비명이 되었고

이제 남은 기운을 마저 꺼내 쓰려고 해요

끝까지 버티었으니 바싹 타들어갈까 해요

—「겨울」 전문

　"피처럼 뜨겁던 태양이 얼음 쟁반으로 돌아올 때/사랑을 잃어버린 듯 울부짖곤"했던 것도 다 지난 일이다. 이제는 "그런 힘마저 사라"지기도 했지만 지나고 보니 "뭐 그리 시시한 일이 또 있을"까 하는 생각도 든다. "추운 날이 다시 와도/지금은 힘들지 않"을 자신이 있다. 아직은 여전히 "종일 서성거리며/초조해하지 않으려 해도/입속에서 나간 것들은 비명이 되"면서 "끝까지 버티"어내는 형상이지만 말이다. "이제 기쁠 일도/특별히 안될 일도 없는데"도 "그럭저럭 견딜 만하다던 당신의 병이 깊어"지기도 한다(「성산 일출봉」). '뭐 그리 시시한 일이 있을까요'를 반복하는 화자에게도 "붉은 담벼락에 낮게 매달린 흰 꽃들"의 흔들림을 보면서 "내가 나를 어찌할 수 없을 때"가 문득 찾아오기도 한다. 화자의 독백이다. "꽃가지가 휘어지기 시작했다 그냥 있으면 안 되겠니 서로를 바라보는 일이 전부잖아 눈앞에 희고 붉은 것들의 흐느낌이 들렸다/[……]/ 우리도 수만 송이 흰 몸속으로 들어갈 수 있을까//왔던 곳으로 다시 돌아갈 수 있을까"(「그런 날이 계속되었다」).

　돌아가는 것에 대해 담담히 질문을 던지고 있지만 박미란의 시적 화자는 자신에게 "너무 애태우지 말고/그

렇다고 잊어버리지도 마"라는 답을 한다. 시적 화자는
"마거릿 희디흰 얼굴이/축축한 돌담을 따라가면//저 언
덕 너머/어깨를 붙잡고/흔들렸던 이유가 바람 탓은 아
니라는 것"을 기억해낸다. "이쪽에선 보이지 않는데/왜
목을 빼어 내다보았을까"를 자신에게 묻는 화자의 목소
리는 이유를 알면서도 시치미를 떼면서 젊은 날의 기억
이 품고 있는 설렘을 드러낸다. 하지만 이내 "아무렴 어
때?/이제 가릴 필요가 없다고//뜨거웠던 순간에 깊숙
이 눌러썼던 그때로 돌아가고 싶지는 않아"(「모자」)라
고 한다. '모자' 아래에 '마거릿 희디흰 얼굴'을 숨겼던
젊음 대신 '이젠 가릴 필요가 없'는 지금이 바로 '나'인
것이다. 애태우지 말되 잊어버리지 않으면 충분하다.

머리에 붉은 띠를 두르고
불의 입술로 지팡이 내던지며 기다렸다
웅어리진 말을 뱉어내지 않았다


이마에 돋은 땀방울,
애지중지 지키다가 스스로 잡아먹었다


수육을 삶고
부침개를 부치고
식어가는 어미 품에서 죽음을 모르는 새끼처럼

낯빛마저 뭉개졌는데

제 몸속의 그늘을 어찌할 수 없어
너는 여기, 살아왔구나

허물어지는 허벅지의 안쪽에도
바람의 두께가 쌓여간다고

어두워지지 않는 저녁이 몰려오면

호양나무여
우리의 흐릿한 눈빛은 너의 굵은 허리에서 쉬어 간다
일찍 늙어버린 처녀들도 너의 굵은 허리에서 쉬어 간다
　　　　　　　　　　　　　　　　　　―「호양나무」 전문


　그렇게 세월을 견뎌낸 존재는 존중받을 충분한 가치
가 있다. 지금의 삶을 있게 한 과정에는 가지 않은 길에
대한 후회와 그 길에서 여전히 우리를 기다리고 있을
'당신들'과 또 하나의 '나'가 만든 그림자가 서성대고
있을지 모른다. 그들의 그림자는 때로는 삶 밖으로 스
미어 나와 우리를 흔들고 괴롭힌다. 하지만 사막의 모
래 폭풍이 호양나무의 수천 년의 생과 사를 만들어내듯
이 가지 않은 길은 항상 현실의 반대편에서 지금의 삶

을 이끌어왔다. 호양나무가 사막의 모래바람을 견디어 내듯 삶은 "머리에 붉은 띠를 두르고/불의 입술로 지팡이 내던지며 기다"리는 것이다. 삶의 '고난'은 아마도 선택하지 못했던 길에 대한 미련을 가져다주었을지도 모르지만 화자는 그렇다고 "응어리진 말을 뱉어내지 않았다". 마음속에 묻었던 말은 "제 몸속의 그늘"이 되어 '호양나무'를, '너'를, '나'를 여기까지 살게 하였다. "낯빛마저 뭉개"지고 "허물어지는 허벅지의 안쪽에도/바람의 두께가 쌓여"가게 만든 세월은 호양나무에게 수천 년을 버티게 할 "굵은 허리"를 가져다준 것처럼 화자에게 지금의 '우리'를 있게 했다. 살아보니 삶은 "한 사람을 업고 강을 건너는 일"과 같다. "무거워지는 한 사람을/강물의 소용돌이에 쓸려 보내지 않으려/마른 것이 젖고/젖은 것은 더 젖어도//등이 휘어지도록/느린 걸음으로 물속을 걷고 또 걸"었지만 "다 건넌 후에야 알"았다. "한 사람이 건널 수 없는 강이었다는 것을"(「강」). 그런 걸 보면 삶은 길의 선택과는 상관없는 것이 아닐까. 한 사람이 강물의 소용돌이를 건너기 위해서 오히려 자신이 업고 있는 누군가가 필요한 것이라면, 지금의 삶은 선택이 아니라 선택하지 않은 길의 결과일 수도 있겠다. 어떤 길을 선택하든 두 길은 삶의 양지와 음지가 되어 우리의 삶을 이끌게 된다.

　『남아 있는 나날』의 스티븐슨은 사랑과 일의 갈림길

에서 일을 선택했다. 하지만 전쟁 중에 자신이 모셨던 달링턴 경의 잘못된 선택으로 그의 인생도 함께 무너지게 된다. 그의 주인은 생을 마감하면서 적어도 "그 길을 택했노라"는 말을 남기고 가지만, 스티븐슨은 "실수를 저질렀다는 말조차 할 수 없"다. 아마도 그는 켄턴 양과의 재회를 통해 자신의 선택이 잘못되었다고 고백하고 싶었을 것이다. 하지만 켄턴 양은 "사람이 과거의 가능성에만 매달려 살 수는 없는 겁니다"라는 가슴 아픈 답을 되돌려주었다. 그는 자신의 선택을 두고 후회할 기회조차 갖지 못한 것이 서러워 눈물을 흘리고 말지만, 한 노인이 그를 위로한다. "저녁은 하루 중에 가장 좋은 때요. 당신은 하루의 일을 끝냈어요"라고. 그는 삶의 새로운 도전을 결심한다. 새로 모시게 된 신사를 위해 '농담'의 기술을 연마하겠다는 결심. 프로스트의 「가지 않은 길」이 농담일 수 있듯 선택은 중요하지 않다. 박미란 시인이 마음의 얼음덩어리들을 녹여 보이며 말하지 않았나. 너무 애태우지 말고, 그렇다고 잊어버리지도 말고. 그저 끝까지 버티었으니 바싹 타들어갈까 한다고. ▨